HENRI DE BLAZAC

LES

ANCIENS JOURS

POÉSIES

PARIS

LIBRAIRIE DES BIBLIOPHILES

Rue Saint-Honoré, 338

M DCCC LXXII

LES

ANCIENS JOURS

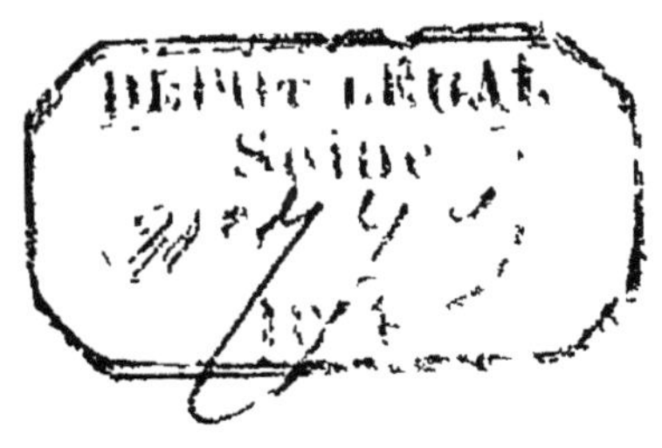

HENRI DE BLAZAC

LES
ANCIENS JOURS

POÉSIES

PARIS

LIBRAIRIE DES BIBLIOPHILES

Rue Saint-Honoré, 338

M DCCC LXXIV

LETTRE

DE M. TH. DE BANVILLE

A M. Alexandre Piedagnel

Paris, le 24 mai 1873.

Mon cher Poëte,

J'ai *lu, et avec un bien grand plaisir, les deux poëmes que vous m'avez communiqués. Puisque votre ami, M. de Blazac, désire me dédier celui qu'il a si bien nommé :* Les Anciens Jours, *je suis heureux d'accepter l'honneur qu'il veut me faire. Un véritable poëte se révèle dans ces strophes émues, d'une mélancolie saine et virile, et dont la forme est d'une grande distinction. La* Agostizada *est aussi un morceau très-remarquable, dans lequel l'auteur a créé et nous fait voir*

*une figure vivante, ce qui est en art le véritable
signe de la force. Pourvu que les autres poésies de
M. de Blazac vaillent celles-là, et je dois croire
qu'il en est ainsi, car on est en somme toujours
semblable à soi-même, je crois qu'il peut se pré-
senter devant le public; bien entendu s'il ne compte
demander à ses vers, ni argent, ni gloire, ni rien
autre chose enfin que le bonheur d'être apprécié par
quelques esprits fraternels. C'est tout ce que le
métier de poète peut procurer aujourd'hui à ceux
qui l'exercent; mais n'est-ce pas assez? Pour moi
je me félicite de pouvoir dès à présent souhaiter
la bienvenue à l'ami que vous me faites connaître;
je vous remercie d'avoir bien voulu être son in-
terprète, et je suis très-cordialement*

Votre dévoué

THÉODORE DE BANVILLE.

LES ANCIENS JOURS

A M. Théodore de Banville

LES ANCIENS JOURS

Première Partie

I

DANS le calme des heures lentes,
M'abandonnant au libre cours
De mes tristesses indolentes,
Grave, je songe aux anciens jours;

Aux jours d'enfance, aux jours d'aurore,
Aux appels lointains dans les bois,
Au vieux toit paternel que dore
Le riant soleil d'autrefois;

A la chasse ardente et joyeuse,
Au bruit des voix, au son des cors,
Quand la forêt mystérieuse
Retentissait de nos accords ;

Aux jardins fleuris dans les plaines,
Aux sentiers sinueux, frayés
Sous les rameaux touffus des chênes,
Aux cris des oiseaux effrayés ;

A la paix du foyer rustique,
Aux longues veilles des hivers,
A la blancheur mélancolique
Des coteaux de neige couverts ;

Aux aïeux chéris, têtes ceintes
D'une auréole de bonté ;
Aux amitiés douces et saintes
Qui sont la joie et la clarté

De la vie, à travers les ombres
Et parmi les peines qui font
Sur le front des nuages sombres,
Et dans l'âme un vide profond.

Fatigué de marcher sans trêve,
Sans qu'apparaisse à l'horizon
La blanche forme vue en rêve ;
Sachant que déjà la saison

S'avance où de nos allégresses
Il ne reste qu'un souvenir,
Où l'espoir n'a plus de caresses,
Où l'on a peur de l'avenir ;

Au fond de ma retraite austère,
Sur le rivage où m'exila
L'ennui des choses de la terre,
J'ai trouvé le repos ; et là,

Dans le calme des heures lentes,
M'abandonnant au libre cours
De mes tristesses indolentes,
Grave, je songe aux anciens jours.

II

La brise qui passe m'apporte
Le murmure étouffé des flots ;
J'entends jouer devant ma porte
De petits enfants en sabots.

A la fenêtre des chaumières,
Entre le lierre et le jasmin,
Épelant de longues prières,
Les aïeules filent le lin.

Les filles, près de la fontaine,
Et la cruche vide à leurs pieds,
Causent de la noce prochaine
Et des absents non oubliés.

Les arbres ont de jeunes pousses ;
Au loin, par les vitraux ouverts,
On voit paître les vaches rousses
Et les grands bœufs dans les prés verts

Et le front penché se relève,
Et c'est merveille alors de voir
Les vieux troncs se gonfler de séve,
Et les cœurs se gonfler d'espoir.

III

Elle a pitié de nos souffrances,
Elle sourit à nos gaîtés ;
Elle a toutes les espérances,
Comme elle a toutes les bontés.

C'est la mère, c'est la Nature !
Divinité des premiers jours,
Asile où toute créature
Trouve clarté, force et secours.

Rien de flétri qui ne renaisse
Au sein de sa fécondité :
Elle a l'éternelle jeunesse,
Elle a l'éternelle beauté ;

Pour elle le soleil rayonne,
Et sur son front béni, le temps
Tous les ans pose la couronne
Éblouissante du printemps.

Elle a soin de tous ; elle daigne
Tendre la main au plus petit ;
Ce n'est pas elle qui dédaigne,
Ce n'est pas elle qui trahit.

Ses promesses ne sont pas vaines ;
En elle on n'a jamais trouvé,
Comme dans les amours humaines
Au lieu de l'idéal rêvé,

Le mépris hautain qui torture,
Et, suprêmes calamités !
Dans les ténèbres du parjure
Les mornes infidélités.

Quand les hontes accumulées
D'un voile épais nous ont couverts,
Et que nos âmes maculées
Cherchent l'ombre des lieux déserts,

Elle s'approche avec mystère,
Et fait resplendir à nos yeux
Le lis virginal sur la terre
Et l'aube pure dans les cieux.

Elle couvre les champs de mousse,
Vêtit de roses les buissons,
Met dans le vent une voix douce
Et remplit les bois de chansons.

La campagne heureuse est en fête.
Et l'affligé sent du ciel bleu
Descendre et planer sur sa tête
La miséricorde de Dieu.

IV

QUAND les fleurs du printemps, écloses,
Se balancent au vent du soir,
Près du mur tapissé de roses
Les vieillards aiment à s'asseoir.

Un marin redit les voyages
Où l'on courut tant de dangers,
Les peuples des lointains rivages,
Les astres des cieux étrangers;

La splendeur des clartés australes
Illuminant les vastes mers,
Et les aurores boréales
Dans la nuit longue des hivers ;

Les côtes vertes et fleuries
Où la mer dans son lent travail,
Sur des roches de pierreries
Met des dentelles de corail ;

Les monts géants voisins des nues,
Les océans semés d'îlots,
Et les rondes de femmes nues
Dansant en chœur au bord des flots ;

Les pagodes abandonnées,
Les minarets blancs et légers,
Les tièdes méditerranées
Où se mirent les orangers ;

Les hurlements de la rafale,
Les mâts rompus, les grincements
Du vaisseau brisé qui s'affale
Le long des récifs écumants ;

Voilà les choses que raconte,
Aux soirs d'Avril le vieux marin,
Pendant que l'astre des nuits monte
Dans la voûte du ciel serein.

V

L'été vient; l'or des fruits superbes
Succède aux fraîches floraisons;
La faucille tranche les herbes :
C'est le doux mois des fenaisons.

Déjà des cloches éveillées
Retentit le timbre argentin :
Allons sentir sous les feuillées
Les parfums flottants du matin.

Dans les fourrés sifflent les merles,
Les blés ont de jaunes couleurs;
La rosée enchâsse des perles
Dans la pourpre riche des fleurs.

Et, comme un bruit de voix lointaines,
Dans l'air s'envolent à la fois
La chanson joyeuse des plaines
Et les soupirs ailés des bois.

VI

Puis, ayant écarté les branches,
J'aperçus l'enfant qui rêvait ;
Elle tenait des roses blanches
Dans sa main qu'elle soulevait

Pour montrer, par-dessus les vagues
Du feuillage sombre et mouvant,
Je ne sais quelles formes vagues ;
Ses blonds cheveux flottaient au vent,

Elle avait sur son front de reine
Une couronne de bluets;
Son œil plein de clarté sereine
Fixait les fantômes muets.

Sous les grands arbres, autour d'elle,
On entendait confusément
Parmi les frémissements d'aile,
Le bruit sourd d'un ruisseau dormant.

Elle était belle comme un ange.
Je l'admirai, silencieux,
Fasciné par le charme étrange
De son regard mystérieux.

VII

QUELLE est cette enfant? Je l'ignore.
En ce lieu pourquoi revenir
Et chercher son image encore?
Je chasserai ce souvenir.

VIII

Sous de gros baisers qui résonnent
Retenir captives ses mains,
Ses petites mains qui frissonnent;
S'en aller le long des chemins,

Des buissons picorant les baies,
Franchissant d'un bond les ruisseaux,
Et des touffes vertes des haies
Faisant envoler les oiseaux:

Séparer en de folles gerbes
Sur son cou frêle ses cheveux;
S'asseoir près d'elle dans les herbes,
Obéir au seul mot : je veux!

Voir l'enfant s'épanouir femme
Et contempler d'un œil ravi,
Palpitant dans cette jeune âme,
L'amour toujours inassouvi

Qui fait succéder aux caresses
Les aveux plus tendres encor
Dont on entasse les ivresses
Comme l'avare son trésor!

O pauvre cœur que l'ennui ronge,
Pourquoi sans cesse revenir
Vers ces jours enfuis comme un songe?

Je chasserai ce souvenir.

Deuxième Partie

I

En ce temps-là, fille sauvage
Qui fuyait la ville, souvent
Elle courait sur le rivage
De la mer, les cheveux au vent,

Et s'amusait, légère et vive,
A chercher, nu-pieds et bras nus,
Les coquillages de la rive,
Avec le flot de loin venus.

Combien de fois sur la colline,
J'ai vu, dans le vague horizon,
Le soleil pourpre, qui s'incline,
Rougir le toit de sa maison!

Écoutez ! il me semble encore,
Là-bas, dans l'ombre, au fond du val,
Que l'écho répète, sonore,
Le fier galop de son cheval.

Elle entendait les voix lointaines
De chaque arbre dans les forêts,
Et prétendait que les fontaines
Content à l'herbe des secrets.

Sur les maux que la terre endure
Pendant l'hiver, elle pleurait ;
Elle était folle de verdure,
Et l'odeur des fleurs l'enivrait.

II

Dans les prés, couleur d'émeraude,
Dès que sonnait le grand réveil
Du printemps, sur la mousse chaude,
Elle se couchait au soleil.

Le coucou criait dans la plaine,
Le linot sifflait sa chanson,
Le bouvreuil arrachait la laine
Pendue aux branches du buisson ;

Les roses des vents en délire
Aspiraient les baisers ; au loin
La faneuse éclatait de rire
Derrière les frais tas de foin.

Des charrettes d'herbe couvertes
Suivaient pesamment les sentiers,
Accrochant des guirlandes vertes
Aux épines des églantiers.

En plein ciel, des battements d'ailes
Frémissaient amoureusement ;
Les petits cris des hirondelles
Remplissaient l'air d'un bruit charmant.

Les abeilles tremblaient aux lèvres
Des fleurs ; le vent chantait tout bas ;
Le gazon faisait signe aux chèvres
De venir prendre leurs ébats.

Comme aux jours où l'aube première
Lança des éclairs dans les cieux,
Un immense jet de lumière
Rallumait la vie en tous lieux.

Le puissant frisson de la séve
Courait dans les sillons troublés;
Le laboureur voyait en rêve
Onduler les vagues des blés.

III

A Morgat, chère solitude,
Elle demeurait autrefois;
Elle avait trois livres d'étude :
La mer, le grand ciel et les bois.

Quel bonheur de vivre près d'elle,
De lui parler et de la voir,
De surprendre dans sa prunelle
Un rayon d'amour et d'espoir !

Je m'accoudais à la fenêtre
De ma chambre, chaque matin,
Sachant qu'elle allait apparaître
Sous les platanes du jardin.

Nous nous plaisions aux longues courses
A cheval, dans les bois touffus;
On s'arrêtait au bord des sources
Pour écouter leurs bruits confus.

J'étais l'ami de son enfance;
Toutes les fois qu'elle avait peur,
M'appelant vite à sa défense,
Elle se jetait sur mon cœur.

L'hiver, quand venait la nuit noire,
Devant l'âtre où flambe un bon feu,
Au récit d'une vieille histoire
Effrayante, on tremblait un peu.

I V

Sous les beaux orangers de Malte,
Étoilés de pesants fruits d'or,
Les voyageurs ailés font halte,
Puis ils reprennent leur essor

Vers les lieux qui les ont vus naître
L'hirondelle vole à la tour,
Où, dans l'angle de la fenêtre,
Un nid vide attend son retour.

Les cailles, bandes étourdies,
S'abattent au milieu des prés;
Les tourterelles, moins hardies,
Cherchent l'ombre des bois fourrés.

Sous les beaux orangers de Malte
Étoilés de pesants fruits d'or,
Où l'oiseau voyageur fait halte,
Resterez-vous longtemps encor

Voici que le printemps s'éveille :
Il marche sous les frais berceaux
De feuillage, et prête l'oreille
A la fanfare des oiseaux.

Le vent lui porte par bouffées
Des odeurs de rose et de miel ;
Les forêts, au soleil chauffées,
Tressaillent toutes sous le ciel.

L'air est plein de notes joyeuses
Et d'un frémissement de vols ;
Il sort des noirs taillis d'yeuses
Des roulades de rossignols.

Avez-vous oublié, Madame,
Le rivage où l'ajonc fleurit,
Et les tièdes brouillards qu'enflamme
L'aube naissante qui sourit?

Les sentiers bordés de lavande,
Le son des clochettes au cou
Des vaches maigres de la lande
Et le cri triste du coucou?

Sous les beaux orangers de Malte
Étoilés de pesants fruits d'or,
Où l'oiseau voyageur fait halte,
Resterez-vous longtemps encor?

V.

Les arbres perdent leur feuillage,
Les corbeaux annoncent l'hiver :
Ce matin j'étais sur la plage
Bruyante, en face de la mer.

O jours de deuil! les vagues glauques
Déferlaient contre les îlots ;
Des oiseaux de mer aux cris rauques
Volaient en cercle sur les flots.

Le ciel, gros de pluie ou de grêle,
Était tendu de voiles lourds;
La voix d'airain du clocher grêle
Montait vers les nuages sourds.

VI

Ailleurs la nature est en fête,
Le ciel est pur, les flots sont bleus ;
On a des roses sur la tête,
On a des flammès dans les yeux.

On danse au grand air, on s'amuse,
On va de Malte à Lipari ;
On fait chanter la cornemuse
Aux lèvres des pifferari.

On t'oublie, hélas ! ô Bretagne !
En Sicile on s'arrête un peu
Pour voir au front d'une montagne
Trembler un panache de feu.

Sans crainte, on s'embarque à Catane,
Avec des hommes en caftan ;
Les matelots de la tartane
Ont tous des airs de capitan.

D'émotions on est en quête :
On doit aborder à Corfou,
Visiter la Grèce et la Crète
Et puis aller je ne sais où.

VII

Tu veux connaître si je t'aime
Encore, et si je pense à toi ?
— Mon amour est toujours le même,
Et ton image vit en moi.

Je n'ai pas souhaité de faire
Un voyage en pays lointain ;
Aux parfums exquis je préfère
Les odeurs d'ajonc et de thym.

Sur la côte déserte et sombre
Je me sens bien seul aujourd'hui ;
Autour de moi j'ai beaucoup d'ombre
Et dans le cœur beaucoup d'ennui.

Oui, je t'aime, je te pardonne ;
Et (que ce vœu soit entendu !)
Je demande à Dieu qu'il te donne
Tout le bonheur que j'ai perdu.

RÉSIGNATION

RÉSIGNATION

LORSQUE j'abandonnai la maison paternelle,
Des maux qui m'attendaient j'eus le pressentiment;
Il se fit dans mon cœur un grand déchirement
Et l'heure des adieux fut triste et solennelle.

Eh bien! je l'ai voulu, je ne m'en repens pas :
L'inconnu séduisait mon âme tourmentée,
Vers les bords où mugit une mer agitée
Voyageur inquiet, j'ai dirigé mes pas.

J'aimais de l'océan la plainte grave et sombre,
Les noirs rochers battus par les flots, et souvent,
Pour écouter le bruit des vagues et du vent,
Sur la côte, le soir, je m'asseyais dans l'ombre

J'aimais quand d'un vaisseau s'enflait la blanche voile,
Du haut de la falaise, à le suivre des yeux,
J'aimais lorsque la nuit s'étendait dans les cieux,
Le phare rayonnant au loin comme une étoile.

Aujourd'hui c'est encor ma joie et mon bonheur,
Le seul bien qui me reste après tant de misères,
De pouvoir contempler les images sévères
Ou douces, mais toujours empreintes de grandeur,

Que Dieu mit dans les flots, les vents et les nuages,
Dans l'onde qui se brise aux caps retentissants,
Et dans l'oiseau de mer aux sinistres accents
Qui passe en tournoyant sur les grèves sauvages.

LA AGOSTIZADA

—

A ma Sœur

MARIE DE JEAUFFREAU-BLAZAC

LA AGOSTIZADA

I

Elle a le calme saint des vierges monastiques,
De ses yeux noirs, cernés d'ombres mélancoliques,
Les ombres d'un amour éteint, jaillit parfois
L'éclair du souvenir ; et dans sa faible voix,
Que font plus faible encor les sanglots et les larmes,
Tressaillent, par moments, les anciennes alarmes
Elle rêve d'un ciel éternellement beau
Qui brille dans la nuit sereine du tombeau.

Elle a peu le souci des choses de la terre,
Au milieu de la foule elle vit solitaire.
Est-elle fille ou veuve? On ne sait. Elle n'a,
Du monde qui la fuit ou qu'elle abandonna,
Rien gardé des dehors vaniteux ou frivoles.
Tous les petits enfants l'adorent. Ses paroles
Ont des naïvetés charmantes. On croirait
Voir flotter quelquefois dans son regard distrait
Des rêves disparus la forme fugitive.
Son teint mat a des tons de pâleur maladive.
— Elle est d'humeur bizarre, ou bien folle à moitié,
Disent les hommes. — Mais les femmes ont pitié
De ce grand front voilé de bandeaux noirs et lisses.
Sous les fourrures, sous les épaisses pelisses,
Froide et blême toujours, dans son chaud vêtement
Dont la forme, en dépit des modes, rarement
Change, malgré le temps ou la saison nouvelle,
Il semble qu'elle souffre et qu'elle cache en elle
Une langueur mortelle et d'éternels frissons.

—Mais nous, ma sœur et moi, nous qui te connaissons
Nous pourrions révéler, s'il ne fallait se taire,
O martyre d'amour, ton douloureux mystère.

II

Quand je vais à l'église avec elle et ma sœur,
Je sens descendre en moi l'ineffable douceur
Du calme des autels et des vagues extases.
Elle aime les vapeurs de l'encens et les vases
Remplis de fleurs autour des tabernacles d'or ;
Elle aime les soupirs qui voltigent encor,
Pendant que tout s'est tu sous la coupole sombre,
Et l'apparition des archanges dans l'ombre.
Lorsque flotte l'argent poli des encensoirs
Et que les chants sacrés retentissent, aux soirs
De fête, son regard voit aux lueurs des cierges
Briller, dans les vitraux, le front pâle des vierges
Alors elle se perd en ses ravissements.
— La voix grave de l'orgue et les frémissements
Des ailes s'agitant dans la nef recueillie,
Le prêtre qui bénit, la foule qui supplie,
Les parfums répandus dans l'air, les vieux tableaux
Où se lèvent les saints sortant de leurs tombeaux,

Les deux bras étendus du grand Christ qui pardonne,
Voilà la vision auguste qui lui donne
Son aspect angélique et qui met dans ses yeux
Le clair rayonnement du ciel mystérieux.

III

Elle me fait parfois de douces réprimandes,
Que j'écoute humblement; et lorsque mes demandes
Sur quelques points obscurs de son passé lui font
Un tremblement de voix plus triste et plus profond,
Alors les chants d'oiseaux sous les fraîches feuillées,
L'enivrante senteur des roses effeuillées,
Les aubes déchirant le voile des matins,
Tout le cortége épars des souvenirs lointains
Revient à sa pensée, — et sur nos causeries
Plane l'esprit errant des jeunes rêveries.
Elle a l'ardent amour des pauvres ; elle a soin
De tous ceux qu'elle sait vivre dans le besoin,
Et leur fait, dans sa double et divine largesse,
L'aumône de son cœur comme de sa richesse.

Aussi l'on voit, parmi l'universel respect,
L'épanouissement des fronts à son aspect.
Dans son jardin désert, plein de grands arbres, pousse
Le pavot rouge sur les verts tapis de mousse;
Sa maison est bâtie au milieu du jardin;
Les vieux murs, tout brodés de lierre et de jasmin,
Sont comme une ruine austère, où la nature
Jette sur les débris son manteau pour parure;
Le cintre du portail lourdement s'arrondit
Sur des piliers ornés de sculptures.

On dit

Qu'on voit, à certains jours, cette paisible enceinte
Resplendir des clartés d'une vision sainte,
Et le peuple des champs, dans sa crédule foi,
S'en approche avec un religieux effroi.

IV

Elles sont là, vivant hors du monde, inconnues,
Ces âmes que Dieu fit sereines, ingénues,

L'une joyeuse, l'autre ayant, par la douleur,
Perdu l'éclat de son matin, céleste fleur
Dont l'image revient à mon esprit sans cesse,

Et qui fut le parfum si doux de ma jeunesse.

1872.

CHAPELLE ARDENTE

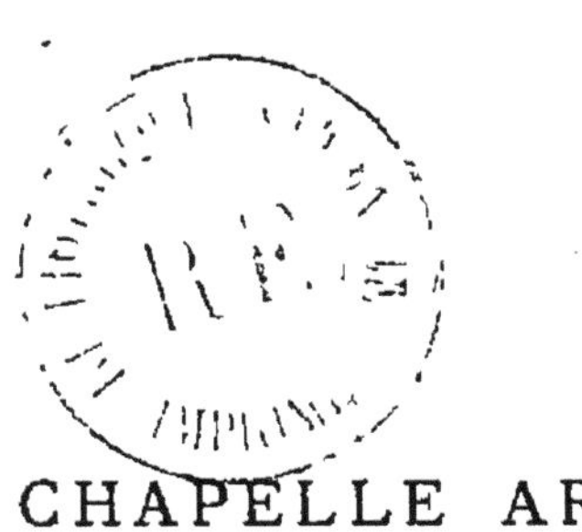

CHAPELLE ARDENTE

JE ferai de mon cœur, asile mortuaire
Où dorment mes amours glacés, un sanctuaire
Calme, sombre, à l'abri de tout regard ; et là,
Plein des enseignements que Dieu me révéla,
Comme on orne de fleurs les tombes les plus chères,
Reportant ma pensée à des jours plus prospères,
Je verserai sur vous, pauvres amours défunts,
Les plus doux souvenirs et les plus doux parfums.

1872.

TABLE

PARIS

IMPRIMERIE D. JOUAUST

Rue Saint-Honoré, 338

Dans le même format

PETITE NÉMÉSIS (1869-1871), par A. Milland.   3 5o

    En papier vergé. . . . .   5 fr.

    En papier de Chine. 7 5o

CONTES RÉMOIS, par le comte de Chevigné. Tirés à 3oo

    sur papier vergé. 7 5o

LA CONSTITUTION EN VAUDEVILLES (1792). . .   1 5o

    En papier vergé. . . . .   3 fr.

    En papier de Chine . . . .   5 fr.

DIÈZES ET BÉMOLS, poésies, par Achille Maffre de

    Baugé. 2 5o

BRANCHES DE LILAS, poésies, par A. Souchier.

GRIFFES ROSES, poésies, par Léon Jacques. . .

Paris, imprimerie Jouaust, rue Saint-Honoré, 338.

9 782014 100372